Au bénéfice des Pauvres :

ÉPISODES,

POÉSIES

FAISANT SUITE AUX FLEURS ET PLEURS,

ET

RÉVEIL

DE L'ENFANT MORT-NÉ,

PAR

V. K.

Die Treue, die wir Ihm gezollt im Leben,
Sie werde ganz den Seinen zugeführt;
An Seinem Sarge lasst uns wiederbauen
Den Bau der Bruderlieb' und Einigkeit.
(Fleurs et Pleurs.)

LUXEMBOURG.

IMPRIMERIE-LIBRAIRE DE V. BUCK.

—

1855.

ÉPISODES,

POÉSIES

FAISANT SUITE AUX FLEURS ET PLEURS,

ET

RÉVEIL

DE L'ENFANT MORT-NÉ,

PAR

V. K.

Die Treue, die wir Ihm gezollt im Leben,
Sie werde ganz den Seinen zugeführt;
An Seinem Sarge lasst uns wiederbauen
Den Bau der Bruderlieb' und Einigkeit.
(Fleurs et Pleurs.)

LUXEMBOURG.

IMPRIMERIE-LIBRAIRE DE V. BUCK.

1855.

1854.

Uit Luxemburg naar de Nederlanden in de maand December.

Prins Hendrik, dien wij lieven zeer,
Keert naar de Nederlanden weér;
   Wat geven wij Hem mede?
Voor Willem onzen schoonsten groet :
Wij blijven Hem met goed en bloed
   Getrouw in krijg en vrede.

Wij zijn een volkje vrij en rond,
Niet goud, niet zilver heeft de grond;
   Maar wat ons nooit ontbroken,
Is liefd' en trouw, die nooit verstomt
Toen onze Koning binnen komt,
   Gelijk Hij heeft versproken.

Hij lieft nog ons gelukkig land
En reikt ons Zijne vaderhand :
  « Hij zal ons niet verkoopen ! »
Dus roepen wij met ééne stem :
Lang leve Willem III ! — Op Hem
Zal Luxemburg nu hopen.

1841 à 1853.

I.

La ville aux vieux créneaux, qui bravent la conquête,
Etait parée un jour pour une belle fête :
Comme une fiancée, au plus aimé des rois
Elle tendait la main pour la première fois ;
La verdure et les fleurs, couronne nuptiale,
Pour un instant voilaient sa face martiale,
Et les drapeaux flottant au haut de chaque tour,
Et les canons des forts n'annonçaient que l'amour.
Sur un arc de triomphe, en un touchant emblème,
La ville s'unissait au noble diadème,
Et de tous les côtés, comme une onde sans frein,
Se pressait, s'agitait une foule sans fin.

Le Roi vient !—Ainsi court l'immense cri d'attente...
Tout se meut, tout se range et la rue est béante :
Une première fois le canon a tonné,
Du moment solennel le signal est donné.

Vers le pont du Château déjà le Roi s'avance...
Sa parole en tous lieux a semé l'espérance...
Le bourgeois galopant dans la garde d'honneur,
Savoure avec délice un si rare bonheur. —
Près de l'arc triomphal le cortége s'arrête ;
Le plus charmant spectacle aux yeux du Roi s'apprête :
Un essaim de beautés, dans l'âge de candeur,
Paraît, dans l'appareil d'une simple splendeur. —
Le vin d'honneur au Roi ! — La ville en fait l'hommage
Par le droit de l'amour, par le droit de l'usage ;
Un magistrat le verse au nom de la cité,
L'honneur du compliment revient à la beauté :
C'est une jeune fille à la blanche parure,
Belle enfant, aux yeux bruns, qui dit d'une voix pure
Quelques mots bien naïfs, quelques mots bien touchants,
Tels qu'aux pères chéris en disent les enfants.
Or on veut que du Roi, du grand homme de guerre,
Une larme à ces mots ait mouillé la paupière.

Le cortége s'avance ; on voit de toutes parts
Converger sur un point d'innombrables regards :
C'est le Roi paraissant sur un coursier d'élite,
Qu'il monte en cavalier du plus brillant mérite,
Saluant d'une main, d'un sourire, en passant,
D'un sourire à la fois superbe et ravissant. —
Vive le Roi ! — C'était la voix universelle ;
Les dames aux balcons agitaient leur dentelle,

Des couronnes de fleurs pleuvaient sur le chemin.
Le Roi semblait briller d'un éclat surhumain...

J'ai vu ces nobles traits, ce front où l'auréole
Fut l'amour des pays dont il était l'idole.
J'ai vu la majesté de ce regard puissant,
Ce sourire sublime et toujours renaissant.
Je l'ai vu dans la rue, altier et populaire,
Déployer aux regards sa grâce militaire ;
Puis la nuit, dans un bal, en danseur gracieux,
Suivre la molle voix des sons mélodieux.
Si près de ce soleil resplendissant de gloire !
Si près d'un front sacré !—C'était à n'y pas croire !...
Comme à côté de lui tout était oublié !
L'œil le suivait partout, à sa marche lié :
Dans l'histoire un grand Roi, demi-dieu dans la fable,
Le plus puissant de tous, c'était le plus aimable...

Hélas ! tout s'est éteint, hormis la liberté,
Ce don au Luxembourg par Guillaume apporté.

II.

L'orgue faisait vibrer les voûtes de Saint-Pierre,
Le peuple agenouillé se tenait en prière :
L'évêque officiait. Sur un côté du chœur
Apparaissait le siége où priait Monseigneur ;
Au pied du maître-autel il avait fait sa tente...
Sa prière était longue et paraissait fervente.
C'était ce jeune saint, le patron de l'enfant,
Tenant un crucifix qu'il regarde en priant.
Evêque jeune encor, mais d'un rare mérite !

L'office a commencé selon l'antique rite.
Un lévite apparaît. Le prélat lentement
Se laisse revêtir de tout son ornement.
Puis, la crosse à la main, vers l'autel il s'avance,
Mitre en tête, il se tourne et bénit l'assistance.
Des sons majestueux préludent au plain-chant,
Et le genou fléchit à ce rite imposant ;
Car des siècles nombreux ont passé sur l'Eglise,
Et forte sur sa base elle est restée assise.

Rien au monde n'égale en grandeur, en beauté,
Ce spectacle où pour rien chacun est invité,

Où s'accomplit pour nous le plus saint des mystères.
Cet antique appareil, l'encens, les chants austères,
Les cierges allumés, le silence parfois,
Qu'interrompt la clochette à l'argentine voix :
Tout fait remonter l'âme aux sphères éternelles.

Le mystère achevé, qu'attendent les fidèles ?
Le prélat va sortir ; pour le voir en passant,
Chacun accourt plus près. Spectacle intéressant !
Il surpasse en ardeur, en beauté juvénile,
Les lévites nombreux qui suivent à la file ;
On dirait un martyr qui marche vers les fers,
Tant il ne paraît voir que Dieu dans l'univers !
Sur la foule à genoux, il répand l'eau bénite...
Aux derniers sons de l'orgue on voit rentrer la suite.

Oh ! que ce saint prélat était sublime à voir
Quand, du haut de la chaire, où souvent vers le soir
Une grande croix d'or pendant sur sa poitrine
Faisait briller dans l'ombre une lueur divine,
Il disait de la foi les grandes vérités !
Comme tous ses sermons étaient bien écoutés !
Sa parole était calme et son geste de même,
Mais l'âme y découvrait un remède suprême.

Quel spectacle nouveau se prépare en ces lieux ?
Les cloches sont en branle et le concours nombreux :
De Notre-Dame c'est la marche solennelle,
Qui revêt en ce jour une splendeur nouvelle :
1*

Trois prélats distingués y seront à la fois.
La salve part.... D'abord, voici venir la croix ;
Des guirlandes partout dans les airs suspendues,
Lui font un dais de fleurs au milieu de nos rues.
On avance avec ordre et sur un double rang,
Dirigé par les soins d'un prêtre à surplis blanc.
Quel mélange riant d'emblèmes, de bannières !
Quel murmure pieux de chants et de prières !
L'école, l'Athénée et les corps de métiers,
Et parfois un orchestre aux préludes altiers,
Tout passe lentement avec un peuple immense,
S'arrête quelquefois, puis repart en cadence.
Puis une légion d'anges venus du ciel
Accompagnent la Vierge et son Fils éternel.
Oh ! qui les comptera ces têtes brunes, blondes,
Dont les boucles aux fleurs entremêlent leurs ondes,
Les emblèmes divers portés sur des coussins,
Les corbeilles de fleurs de tous ces séraphins !

Puis marchent gravement, entre deux rangs de prêtres,
Deux prélats étrangers, dans la foi savants maîtres ;
Puis un dernier prélat, celui de la cité,
Sous le dais apparaît saintement abrité
Avec le pain divin sorti du tabernacle...
Le genou plie et l'œil se voile à ce spectacle...

La fête a conservé son antique splendeur,
Mais nous n'y voyons plus paraître Monseigneur.

III.

Mourir!... oh! quel frisson gît dans ce mot terrible!
Être glacé, muet, immobile, insensible!
Effroi de ses amis, aux mercenaires soins
Livré comme une chose et même encore moins,
Et, dans ce triste état de momie impuissante,
En spectacle à la foule oisive, indifférente,
Puis dans un laid cercueil étroitement serré,
Puis dans un froid tombeau froidement enterré!
Qui ne frémirait pas à cette sombre image,
Que le deuil des vivants assombrit davantage!
Que devient cette vie aux pétulants écarts?
Cet œil qui s'allumait au feu des beaux regards?
Cette pulsation tout d'un coup arrêtée
Comme une montre, hélas! qui n'est plus remontée!
Ce cadavre est-il bien l'être tantôt vivant,
Parlant, sentant, marchant, méditant, écrivant?
En est-il une part? Où donc est la seconde?
Pour elle, l'invisible, est-il un autre monde?
Pourtant tout est bien là, tout comme avant la mort:
Moins un souffle léger, c'est un homme qui dort.

Et pour arriver là que faut-il de souffrance !
Que d'efforts pour briser une frêle existence !
Combien d'angoisse au front de l'homme agonisant,
Quand une sueur froide en tombe en ruisselant,
Quand pour lui, qui n'a vu, n'a connu que la terre,
Tout le reste est encore entouré de mystère !
Quand aux sanglots des siens, l'étreignant de leurs bras,
Il comprend que pour lui tout finit ici-bas !

Oh ! la mort est affreuse ! Et pourtant rien ne dure !
Pourquoi ? C'est un secret que garde la nature...
La terre est-elle à l'homme ou l'homme est-il aux vers ?
Qui nous expliquera cet étrange univers ?

C'est la religion. Sans elle point de guide
Dans ce vaste dédale où rien n'est bien lucide ;
C'est elle qui soutient notre esprit chancelant
Lorsque la vérité le fuit en ricanant
Et lançant à sa face un terrible peut-être !
C'est elle qui paraît sous les habits d'un prêtre,
Une croix à la main, au chevet du mourant,
Pour lui porter secours en ce suprême instant ;
C'est elle qui lui montre une voie assurée
Et console bientôt sa famille éplorée.
Mais bien qu'à l'œil éteint elle rouvre un espoir,
Sa parole est austère et son costume est noir ;
Ses lugubres apprêts, quand cesse l'existence,
Ne font pas à chacun désirer sa présence,

Et pour l'agonisant qu'elle vient soutenir,
Elle évoque d'abord maint poignant souvenir.

Oh ! que le ciel nous donne à notre heure dernière
La grâce d'écouter la voix de cette mère,
De nous laisser aller doucement dans ses bras,
Quand tout près du néant elle dit : Tu vivras !

A celui que je vois sur ce lit de parade
L'Eglise a-t-elle offert le soutien du malade
Et l'a-t-il refusé ? N'a-t-il pas en chrétien
A son dernier moment réclamé ce soutien ?
Aucune cloche n'a sonné le glas funèbre,
Et pourtant le défunt, homme pour nous célèbre,
Etait riche et puissant, un grand de la cité,
Brillant par son savoir et par son équité,
Citoyen dévoué, fidèle appui du trône,
Homme doux, généreux, chrétien quant à l'aumône...
Dans un sommeil paisible on le dirait plongé ;
Aux hommes il sourit : C'est Dieu qui l'a jugé.

Un cortége bientôt s'avance avec tristesse,
La foule tout autour curieuse s'empresse ;
Les prêtres ne sont pas dans ce brillant convoi :
Pour eux l'on n'est chrétien que si l'on a la foi.
Le chant des morts fait place à l'éclatant orchestre,
Le rite sépulcral à la pompe terrestre.

Pour nous, ne jugeons pas ! Dieu qui sait plus que nous,
Saura mieux que tout homme un jour nous juger tous.

IV.

La France a remué : le continent s'agite...
Paris, ce vieux géant, sait-on ce qu'il médite ?
Paris, comme autrefois, a crié liberté
Et dans tous les pays son cri s'est répété.

Liberté ! vague idée et parole sonore !
Quand un peuple la tient, il la demande encore.
Comme un oiseau fuyard, de rameaux en rameaux
Il vole, puis revient se suspendre aux barreaux.
Sur ce globe restreint, où tout brigue l'empire,
Aucun ne sera libre autant qu'il le désire :
L'un doit être soumis pour que l'autre soit fort...
Dominer, c'est tenir une coupe à plein bord
Où l'on boit à grands traits les plaisirs de la vie,
Ces plaisirs si trompeurs, mais que chacun envie ;
C'est avoir des valets, des flatteurs à genoux,
Savourer des beaux yeux les regards les plus doux ;
C'est marcher le front haut, la mine refrognée,
Faisant trembler de peur la foule dédaignée ;
C'est payer d'un sarcasme ou d'un rire insolent
D'un humble dévoué le zèle violent :

Oh ! que l'homme est bientôt changé quand il domine!
Mais aussi le pouvoir est d'essence divine,
Quand, noble, magnanime, il répand le bonheur,
Et de l'être souffrant soulage la douleur,
Quaud au milieu de l'or il songe à la misère,
Du palais somptueux descend dans la chaumière.
Le pouvoir est alors grand et beau. Liberté !
De briser ton autel plus d'un serait tenté...
Hélas! le plus souvent tes plus zélés apôtres
Te désirent pour eux, mais non pas pour les autres;
Amoureux du pouvoir, ils brisent leurs filets
Et pour un souverain on a des roitelets,
Songeant à se gorger ainsi que leurs familles,
Faisant aux influents des courbettes gentilles,
Mais tyrans plus cruels que maint tyran ancien
Envers les malheureux dont ils n'attendent rien.

Socialisme ! ô mot d'une étrange portée !
Flamme dans un bûcher imprudemment jetée!
Que peux-tu sur ce globe? Hélas! Anéantir,
Brûler ce que bientôt il faudrait rebâtir.
Oh ! ta doctrine est belle et je sais une histoire
Dont le triste récit tournerait à ta gloire,
Celle d'une chaumière où la foi, la vertu,
Depuis un demi-siècle ont toujours combattu
Pour repousser la faim, cette louve acharnée
Qui court après le pauvre et prend sa destinée,

Qui ne lui laisse voir dans ses enfants aimés,
Son bonheur ici-bas, que d'autres affamés
Partageant avec lui sa chétive pâture.
Oh ! Quelle sombre tache en la belle nature !
Mais tache ineffaçable aussi bien que la mort !...
Du pauvre qui se plaint adoucissez le sort,
Mais ne corrigez pas la sagesse divine
Qui fait l'aigle puissant et la fourmi mesquine.
Tout dans cet univers est limité par Dieu,
L'air, la mer, le soleil et l'homme en premier lieu.
L'homme n'est pas esprit; il transporte en lui-même
Divers maîtres qu'il doit satisfaire et qu'il aime.
Le plus puissant de tous est le moins généreux.
Les soins et le travail sont donc d'abord pour eux.
Et chaque homme a les siens, maîtres impitoyables,
Et de ceux du prochain ennemis implacables.
Tant qu'ils seront en vie, ô sublimes rêveurs !
Vos vérités seront d'invincibles erreurs,
Que plus d'un cependant lit d'un regard avide,
Croyant qu'il remplira bientôt sa poche vide.

Te voilà donc, hélas ! ô mon pauvre pays !
En proie à ce démon qui souffle sur Paris !
L'émeute aujourd'hui gronde au sein de notre ville
Et des hommes bientôt se rassemblent par mille...
Que veut-on ? Qui le sait ? — On veut se révolter...
C'est la mode à Paris : il faut bien l'imiter.

Chose étrange ! on se bat au sortir de l'église,
De cet endroit paisible où brille la devise :
« Amour comme à toi-même, amour à ton prochain ! »
L'arme n'a rien coûté : c'est une forte main
Frappant de tout son poids les chapeaux qu'elle enfonce.
Les discours éloquents n'ont pas d'autre réponse.
Amis comme ennemis, tous ont le même sort ;
On n'a pas d'autre chef que le poing le plus fort.
Mais ce n'est pas assez, il faut aussi détruire
Quelques vîtres au moins pour viser au martyre ;
Et déjà l'on procède à ce fait éclatant,
Lorsqu'un piquet tout prêt marche tambour battant
Et chasse les héros sans faire une blessure,
Mais leur laisse du moins, tant que la rage dure,
Le plaisir d'exhaler en chants séditieux,
Comme en un vrai Paris, leurs transports furieux.

Puis la nouvelle court de village en village
Et dans tout le pays la fureur se propage :
Tout hameau veut avoir sa révolution,
Comme si l'on disait kermesse ou mission.
Les maires sont les rois qu'il faut chasser du trône,
Et dans les cabarets la liberté se prône.

Pourtant, hommage à toi, divine liberté !
Tu germes ici-bas, mais pour l'éternité !

V.

Respectons les tombeaux ! C'est le dernier refuge.
Quand l'homme est allé là, que le ciel seul le juge !
Le ciel connaissant tout, la joie et la douleur
Qui dans la vie humaine ont fait battre le cœur.
Laissons sous le gazon cette vie abritée,
Mais donnons une larme à qui l'a méritée.

Oh ! comme il était bon celui qui gît ici !
Partageant le plaisir et gardant le souci,
Il trouvait le bonheur à réjouir, à plaire.
Aimable par bonté, bienveillant, populaire,
Simple, franc, généreux dans l'emploi de ses biens,
Il eut beaucoup d'amis parmi les citoyens,
Des ennemis aussi — C'est le sort de tout homme ! —
Je ne le nomme pas, mais le pays le nomme :
Orateur, il savait entraîner et ravir,
Et sa forte parole, il la faisait servir
A défendre les droits de sa chère patrie,
Dédaignant les détours, l'ignoble flatterie.
Voué de tout son cœur au bonheur de l'Etat,
De son dévouement seul il tirait son éclat :

Nulle croix ne brillait sur sa noble poitrine;
Le barreau fut sa fin comme son origine,
Et si d'un grand honneur il était bien épris,
C'était de présider les élus du pays.

Silence ! Lentement passe un char funéraire...
Douloureux souvenir ! On vient au cimetière...
Que de monde alentour !... Des frères délaissés
Suivent, par la douleur lourdement affaissés...
L'ornement le plus beau du lugubre cortége,
C'est le cocher versant des larmes sur son siége ;
C'est le plus noble deuil, deuil de l'humanité :
Le défunt était bon, puisqu'il l'a mérité.

Le voilà reposant au tombeau de famille
Avec sa chère épouse, avec sa douce fille,
Cette jolie enfant qui l'a bientôt suivi
Et qui souffrait déjà quand il lui fut ravi.
La mort doit avoir eu pitié du pauvre père
Pour ne pas à ses yeux l'enlever la première
Et pour la lui donner si peu de temps après.

Plantez sur ce tombeau des fleurs et des cyprès !

VI.

Que devient tout-à-coup cette nuit qui commence ?
Cette nuit n'a pas d'ombre et n'a pas de silence,
C'est le jour qui renaît au feu des lampions
Et fait briller aux yeux d'éblouissants rayons.

Une immense clarté gagne la ville entière,
Peu de maisons n'ont pas leur tribut de lumière :
Tout s'accorde pour dire à d'augustes époux
Que leur jeune bonheur est un bonheur pour nous.
Ces lampions qui font la nocturne journée,
Sont autant de souhaits d'un heureux hyménée.
Le peuple parle ainsi, quand lui-même est heureux ;
Pour le dire plus haut, il allume ces feux.

Flambez, légers fanaux de la réjouissance,
Portez dans vos rayons l'amour et l'espérance !
Rappelez-nous ces jours de riant souvenir,
Qui pour nous ont ouvert un si bel avenir,
Ces jours où nous avons aux lointaines provinces
Pris un peu du bonheur d'avoir seules nos princes,
Où, longtemps délaissés, les vieux Luxembourgeois,
Voyant leur Souverain pour la première fois,

Ont failli, les pauvrets, l'accabler de caresses !
O jours délicieux ! O nuits enchanteresses,
Nuits pleines de clarté, d'harmonieux accords !
Le Roi daignait se plaire à nos joyeux transports,
De ce peuple sans fard il aimait la franchise
Et lui donna bientôt la liberté promise.

Et quand le Roi revint, conduit par notre amour,
La Reine aussi chez nous vint établir sa Cour.

Qui ne porte en son cœur cette aimable princesse,
Type éclatant de grâce autant que de noblesse !
Donnons un souvenir à ce buste imposant,
Charmant siége d'un cœur sensible, bienfaisant,
A cet arc de verdure où la ville sereine
Reçut, des fleurs en mains, sa bonne Souveraine,
A ce bal où chacun noblement invité
Put admirer de près la royale beauté,
A ces dames d'honneur chez nous improvisées,
En gracieux cortége autour d'elle empressées,
A sa visite au cloître embelli par ses dons,
Où la jeune indigente est admise aux leçons :
Et tous ces souvenirs, et bien d'autres encore,
Joignons-les à celui dont ce jour se décore !

Ce jour un couple auguste, un prince, une princesse,
Sont venus parmi nous répandre l'allégresse ;

Lui, du sang de nos Rois illustre descendant
Et du trône chez nous digne représentant ;
Elle, modeste fleur éclose en Germanie...

Que leur douce union par le ciel soit bénie !

APPENDICE.

LA RÉCOMPENSE.

La gloire est au génie, artiste ou grand poète :
Nous autres sur ses pas nous glanons quelques fleurs,
Comme on voit en un champ où la récolte est faite
Les enfants du hameau suivre les moissonneurs.

La palme est enlevée avant que l'on arrive
Et les mains du public sont lasses d'applaudir,
Et notre œuvre sans nom, débile, fugitive,
En un réduit obscur va bientôt se blottir.

Mais s'il est quelque part, dans l'univers immense,
Une âme où nos accents trouvent un doux accueil,
Heureux et sans briguer une autre récompense,
D'un gracieux éloge on orne son recueil :

Dem Verfaſſer der holden Dichtungen

« Fleurs et Pleurs. »

Du edler Menſch, du ſchöne, ſanfte Seele!
Wie rührend lind dein Lied zum Herzen dringt!
So tönt der Sang der ſanften Philomele,
Wenn ſehnſuchtsvoll ihr Abendlied ſie ſingt;
Geheimnißvoll ertönt's, wie in den Zweigen
Der Frühlingsweſt von Blüthenduft geſchwellt,
Wie Elfenſang, beim mitternächt'gen Reigen,
Wie Geiſterlaut aus einer beſſern Welt.

Wer lehrte dich ſo rührend ſüße Lieder?
Hat dir Apollo's Harfenklang gerauſcht?
Stieg ſolcher Wohlklang dir aus Eden nieder?
Haſt du der Sel'gen Harmonie gelauſcht?
Nein, Glücklicher! in deiner eignen Seele
Iſt alles Wohlklang, alles Melodie,
Und in dir ſelbſt ſchöpfſt du der Philomele
Geheimnißvolle, weiche Harmonie.

Du klagſt ſo weich, ſo rührend deine Schmerzen,
Du ſcheineſt traurig, freudenlos zu ſein.
O, tröſte dich, es bietet edlen Herzen
Die Welt nur Gram, nur Traurigkeit und Pein,

Das, was du suchst, ist nicht von dieser Erde,
Dein schönes Herz ist Edlerem verwandt,
Ein Fremdling selbst bist du am heimschen Herde:
Das Eden ist allein dein Vaterland.

Wohl, Edler! dir, daß niederm Erdensehnen
Und schalen Freuden du entfremdet bist!
Es blüht im Schau'n des Heiligen und Schönen
Dir süße Wonne, die die Erde mißt.
Und trauerst du, und rinnt auch deine Thräne,
Nur fremdem Wehe gilt dein edler Schmerz,
Nie fühltest du der Reue Schlangenzähne;
Denn rein und schuldlos ist dein weiches Herz.

Wohl, Edler! dir, daß nicht der Erde Hoffen,
Der Erde Ziel dein Ziel, dein Hoffen ist!
Dir steht dafür ein lichtes Eden offen,
In welchem du so traut, so heimisch bist.
Mit sel'gen Geistern darfst du traut verkehren,
Sie schweben nieder von dem Strahlenthron,
Es naht, umringt von lichten Engelchören,
Die theure Mutter dem geliebten Sohn.

Ein holdes Wesen schwebt an ihrer Seite,
Ein theures Bild aus früher Jugendzeit;
Fast überstrahlt's das himmlische Geleite
An reinem Glanz, an stiller Herrlichkeit,

Ihr Lächeln ist so süß, so engelmilde,
So liebevoll und dir so wohlbekannt,
Sie winket dir in lichtere Gefilde,
In's lang ersehnte ew'ge Vaterland.

Und Himmelsruh' fühlst du hernieder schweben,
Gelindert ist der Sehnsucht herber Schmerz
Und neugestärkt gehst du durch's dunkle Leben,
Dein Auge blickt begeistert himmelwärts.
Es greift die Hand in die bewährten Saiten
Und rührend weich ertönt dein hehres Lied,
Als Bote will's vor dir hinübergleiten
In jenes Land, wo deine Liebe blüht.

Ein Unbekannter
Nie Genannter.

FLEURS ET PLEURS.

—

Lorsqu'au destin commun le poète succombe,
Vous qui prenez parfois le chemin de sa tombe,
  Lieu d'herbes et de fleurs,
Souvenez-vous un peu de ces fleurs oubliées,
En un léger faisceau si tristement liées
  Par une muse en pleurs.

Elles vous parleront d'une vie éphémère
Que suit un avenir d'éternelle lumière,
  Trésor de vérité,
Et vous diront qu'il est à la fin de la vie
Des biens que jusqu'alors vainement on envie :
  Repos et liberté.

LE RÉVEIL

DE L'ENFANT MORT-NÉ,

ou Projet de réhabilitation de l'institution du Crédit foncier du Grand-Duché de Luxembourg.

———

Les institutions de crédit foncier sont une grande conquête de l'intelligence. Elles soulèvent des masses énormes de terre, de vastes bâtiments, et les font passer de main en main avec une mobilité prodigieuse.

Notre loi du 18 mars 1853 est allée, sous ce rapport, en théorie, aussi loin que possible. Non contente de faire marcher les immeubles sous la forme de lettres de gage, elle voudrait arracher pour ainsi dire les arbres des vergers, détacher une à une les pierres des maisons, pour les faire courir en guise de papier-monnaie.

Mais le levier qui devait opérer ces prodiges ne peut être remué, renfermé qu'il est dans une caisse dont nous avons pris le modèle en pays étranger. Notre institution de crédit foncier, dégagée de cette entrave pour suivre librement dans son essor l'idée à laquelle elle doit sa naissance, sortira de l'état de

somnolence qui l'a fait comparer à un enfant mort-
né. Elle ressuscitera.

Car l'idée, sur laquelle repose cette institution, est
bonne. Il suffit, pour s'en assurer, de remonter à la
source dont elle découle.

Si la propriété foncière du Grand-Duché pouvait
être fondue comme l'or, l'argent, le cuivre, et réduite en un aussi petit volume, pourrait-elle être
convertie en monnaie aussi bien que ces métaux? Le
Grand-Duché pourrait-il avec honneur émettre une
telle monnaie?

La solution de ces questions se trouve dans les
principes suivants, qu'il suffit de citer.

La société humaine a été cimentée et se soutient
par les services mutuels, par l'échange de valeurs.

L'échange s'opère directement entre deux valeurs
ou par l'intermédiaire d'une troisième, à laquelle la
partie qui la reçoit attache le même prix qu'à la
valeur qu'elle donne, ou un prix supérieur.

La valeur est absolue ou relative, conventionnelle.
La première se fonde sur la nécessité, l'utilité, l'autre sur la rareté, les caprices.

Les maisons qui nous abritent, les champs qui
nous nourrissent ont une valeur principalement absolue, tandis que les métaux dits *précieux* ont une
valeur principalement relative.

La valeur absolue est impérissable, tandis que la

valeur relative dépend des circonstances passagères qui la font naître.

Le premier qui s'est emparé d'un arbre fruitier, en défendant à tout autre d'y toucher, ou qui a tracé autour d'une certaine étendue de terrain une ligne qu'il a défendu à tout autre de passer, a constitué une valeur absolue, confirmée d'abord par le droit du plus fort et ensuite par le droit de propriété établi par la loi.

Le premier qui, en pareil cas, a offert au propriétaire peut-être un caillou remarquable, pour être admis à participer au produit de l'arbre, du terrain, a conçu l'idée d'une valeur relative, laquelle n'a pu être constituée que par l'acceptation du propriétaire.

Si la propriété échappait au pouvoir de la loi, c'est-à-dire de l'intelligence, elle retomberait dans le domaine de la force physique. C'est ce que les hommes intelligents, dont le nombre s'accroît chaque jour par l'éducation, par le progrès impétueux de la civilisation, empêcheront toujours. La valeur de la propriété est donc sûre.

Elle est encore sûre, la valeur foncière, parce qu'elle ne peut, matériellement du moins, être déplacée ni cachée; que le sol, sauf quelques rares exceptions qui ne se présentent que sur une petite étendue du globe, n'est pas susceptible de destruction; que si un bâtiment est détruit, il ne l'est qu'en partie, et que de cette partie il peut rester, dans la plupart des cas, un équivalent, au moyen des arrangements pris dans tous les pays civilisés.

Outre sa valeur absolue, la propriété foncière a aussi une valeur relative, qui s'accroît avec la population ; car la rareté d'une chose est en raison directe avec le nombre de ceux qui la désirent, qui en ont besoin. Sous ce point de vue la valeur foncière est par elle-même un capital placé aux intérêts composés, la population étant toujours en marche progressive.

Ainsi, lorsqu'un propriétaire du Grand-Duché échange un immeuble contre une autre valeur que lui remet soit un indigène, soit un étranger, il paie en bonne marchandise, dont il peut s'honorer devant le monde entier.

Le Grand-Duché de Luxembourg n'a pas de mine d'or ou d'argent proprement dite, mais il a des valeurs en échange desquelles on peut se procurer de l'or et de l'argent. Le Grand-Duché de Luxembourg, pays libre, pays heureux sous tous les rapports, est aussi un pays riche ; mais il ressemble jusqu'ici à ces riches cachés dont on ignore les trésors parce que leur existence est modeste.

La propriété foncière du Grand-Duché, fondue en monnaie, serait reçue avec empressement par tous les pays limitrophes et surtout par ceux qui ont des métaux précieux en abondance.

Que l'on trouve donc le moyen de la fondre, et le grand problème de notre crédit foncier, ce problème dont la solution était presque abandonnée comme impossible, se trouvera résolu.

La découverte se présente d'elle-même lorsqu'on réfléchit que les monnaies d'or et d'argent ne sont que des valeurs intermédiaires. La propriété, qui vaut autant que ces métaux, ne pourrait-elle donc pas devenir aussi une valeur intermédiaire?

Du moment que l'on peut faire circuler la propriété, la faire tenir dans les mains, dans les portefeuilles, dans les coffres, la possibilité du service intermédiaire de la propriété est établie.

Or les papiers que l'on nomme *titres de propriété*, que sont-ils autre chose que la propriété même? Celui qui échange un immeuble contre une autre valeur, ne pouvant faire tenir dans la main de l'autre partie son immeuble en nature, lui remet un papier qui, d'après la loi, est le signe de l'immeuble.

Le billet de banque, en échange duquel on se procure des monnaies d'or ou d'argent, qu'est-il autre chose que l'or ou l'argent même?

Ces plaques de métal, qui sont les monnaies par excellence, sont des parcelles de lingots fondus, revêtues de signes qui en augmentent la valeur relative, parce que cela est ainsi admis.

C'était une belle découverte dans les temps où

l'hypothèque et les lois s'écrivaient sur la pierre; où les autres matières, quoique moins lourdes, qui servaient aussi de papier, étaient cependant difficiles à manier; où l'imprimerie et ses ramifications n'étaient pas inventées.

L'intelligence, qui est toujours à la recherche de ce qui lui ressemble le plus dans la matière, est parvenue, de progrès en progrès, à faire une monnaie aussi légère que la pensée, aussi légère que la vapeur qui fait voler à la suite d'un remorqueur des milliards de quintaux.

C'est le papier que l'intelligence a choisi pour frapper sa monnaie, tout comme elle l'a choisi pour l'expression des plus hautes pensées, des plus nobles sentiments.

Le papier, couvert de signes conventionnels, est devenu une valeur sous-intermédiaire à l'aide de laquelle la main la plus faible peut, en quelque sorte, plier le métal le plus dur; à l'aide de laquelle on peut faire tenir des millions dans un tiroir.

Le papier n'est certes pas aussi durable que l'or; mais il peut être renouvelé lorsqu'il n'est plus en état de servir. Les œuvres de l'intelligence ne périssent pas entièrement; elles renaissent de leurs cendres.

La théorie semble poussée assez loin pour que, passant à la pratique, on puisse soutenir que la propriété foncière du Grand-Duché renferme dans son sein une mine qui peut lui fournir non seulement l'argent dont elle a besoin, mais encore le moyen de subvenir aux besoins de l'Etat.

Quelques personnes ont émis l'idée de la création d'une banque nationale. Mais l'institution du crédit foncier n'est-elle pas de sa nature la banque nationale du Grand-Duché? Une autre banque quelconque ne devrait-elle pas, pour inspirer la confiance nécessaire, garantir ses paiements? Ne devrait-elle pas, à défaut de lingots, demander cette garantie à la propriété foncière?

En garantissant ses billets par des espèces en caisse, elle perdrait l'intérêt. En les garantissant par des fonds publics, elle rappellerait l'anecdote de la caution sujette à caution.

L'une des grandes difficultés qui s'opposent, dit-on, chez nous au développement de l'institution du crédit foncier, c'est que nos capitalistes sont peu confiants. Mais une banque nationale, sans garantie matérielle, leur inspirerait-elle plus de confiance?

La banque nationale pourrait être chargée, dit-on, des recettes et des dépenses de l'Etat; elle ferait ainsi fructifier les fonds improductifs qui se trouvent dans la caisse de l'Etat et ferait tourner à son profit une partie de ce que l'Etat paie actuellement en frais d'administration. On oublie que l'Etat doit avoir toujours une provision de fonds en rapport avec le montant de son budget, et qu'en frais d'administration la banque ne pourrait réaliser à son profit aucune économie, puisque l'Etat devrait avoir les mêmes receveurs que jusqu'ici et que le personnel de la caisse générale n'est pas démesurément rétribué.

Il y en a qui comptent sur la caisse d'épargne pour faire marcher la banque. Cette idée paraît contraire à l'esprit de l'institution des caisses d'épargne. Celles-ci ne doivent et ne peuvent pas être un objet de spéculation. Ce sont des institutions d'ordre public. C'est au pécule de l'ouvrier qu'elles doivent être ouvertes de préférence. Les grands capitaux ne devraient pas y avoir accès.

Quelles seraient donc en définitive les opérations de notre banque nationale? Ce seraient celles que font actuellement nos banques particulières, qui seraient inévitablement absorbées par une institution de cette nature, à moins que la confiance dont elles jouissent ne fût pas accordée à la banque nationale; ce qui serait peu flatteur pour celle-ci. Or, l'Etat, dit-on, ne doit pas absorber l'industrie privée.

Par l'institution du crédit foncier l'Etat n'absorbe aucune industrie particulière. Il ne fait que répandre dans le pays un nouvel élément d'opérations commerciales et financières dans lesquelles les capitalistes et les hommes d'affaires gagneront peut-être plus que les propriétaires, quoique l'institution soit aussi à l'avantage de ceux-ci.

Il y a quelques graves objections à écarter.

Quoique la propriété, dit-on, soit matériellement palpable, elle peut s'échapper comme par enchantement des mains de celui qui croit la tenir, et c'est précisément parce qu'elle est représentée par des titres au moyen desquels elle passe de main en main avec toute la légèreté de l'objet le plus mobile. Il y a des hypothèques occultes ou des titres inconnus qui font que souvent la propriété n'est pas là où elle apparaît à l'œil. On ne peut avoir confiance en un gage aussi trompeur. Dans le Grand-Duché surtout il est difficile de s'assurer de la propriété, parce que beaucoup de propriétaires n'ont pas de titres en règle.

Dans un pays comme le nôtre, où la plus grande localité est tellement petite que l'on voit pour ainsi dire d'une maison dans toutes les autres, il serait difficile de cacher la propriété. Y aurait-il à Luxembourg beaucoup de bâtiments dont les vrais propriétaires ne fussent pas connus? Dans nos communes rurales y a-t-il beaucoup de champs, de prés, de bois, dont presque tous les habitants de la commune comprenant ces immeubles, ne puissent désigner les propriétaires? Quant aux hypothèques, celles que l'on nomme *occultes*, le sont peut-être moins chez nous que celles qui se trouvent inscrites dans les registres des conservateurs. On se connaît trop bien, les uns s'intéressent trop aux affaires des autres pour qu'il puisse y avoir quelque chose de caché. La notoriété publique supplée chez nous aux titres de propriété. Nos experts-répartiteurs, qui fixent le revenu de chacun pour l'imposition mobilière, ne seraient-ils pas à même de certifier la propriété? S'il en était ainsi, nos contribuables seraient entre de mauvaises mains. La première objection n'est donc pas en réalité aussi grave qu'en apparence. Au moyen des certificats des conservateurs des hypothèques et de ceux que les experts-répartiteurs, les autorités locales, les fonctionnaires, seraient à même de délivrer, la propriété pourrait, semble-t-il, dans la plupart des cas, être établie d'une manière certaine, et les précautions nécessaires pourraient être prises pour donner au gage la plus grande sûreté.

Les avantages promis par notre institution actuelle de crédit foncier ne peuvent, dit-on, être réalisés chez nous, parce que les propriétés changent trop souvent de maîtres et se morcellent de jour en jour davantage.

En effet pendant les 50 années fixées pour l'amortissement de la dette, une propriété peut changer 2, 3 trois fois de maître par succession et éprouver autant de partages successifs. Mais le crédit foncier ne consiste pas nécessairement à amortir une dette par

50 annuités. Si l'on établit une caisse d'épargne, ce qui est rendu possible chez nous par l'institution du crédit foncier, chaque débiteur pourra faire lui-même l'amortissement de sa dette, en 28 ans, s'il veut. Il n'aura qu'à déposer à cet effet annuellement à la caisse d'épargne 2 p. c. du capital emprunté. Ce versement de 2 p. c. pourra se faire par des sommes d'un franc, de 10 francs etc., que le cultivateur peut prélever pour ainsi dire insensiblement sur la vente de ses produits, en réduisant un peu les dépenses *facultatives* qui suivent ordinairement cette vente. Dans les mauvaises années il ne paiera, s'il veut, que l'intérêt (4 p. c.), et dans les bonnes il trouvera le moyen de compléter ses dépôts pour l'amortissement. Il pourrait même se faire à la caisse d'épargne , dans les années extraordinairement bonnes, une provision de fonds sur laquelle on prendrait, dans les années extraordinairement mauvaises, de quoi payer pour son compte l'intérêt ou une partie de l'intérêt.

Les objections concernant le terme du remboursement et le taux de l'intérêt paraissent avoir trouvé leur réponse dans une déclaration publique constatant que ce ne sont pas les prêteurs, mais que ce sont les emprunteurs qui ont manqué à notre institution actuelle de crédit foncier. Les emprunteurs ont été retenus par des circonstances qu'il ne paraît pas impossible de faire disparaître.

Quant aux autres objections, pour autant qu'on se les rappelle toutes, elles concernent plutôt la forme que le fond. Elles se rapportent au papier-monnaie, à la fixation du cours des lettres de gage, au mode de leur délivrance. Elles ne se produiront probablement plus après la lecture du résumé ci-après des dispositions nouvelles qu'il y aurait peut-être lieu d'introduire.

Et maintenant, parlant un peu moins en poète qu'en homme d'affaires, l'auteur de cet écrit doit dire qu'il ne se fait pas illusion sur les difficultés à vaincre. Ces difficultés lui paraissent très-sérieuses, mais il ne les croit pas insurmontables. Le pays demande une institution de crédit, il demande une caisse d'épargne. Lorsqu'on veut sérieusement une chose, on se donne de la peine pour l'obtenir.

Il y a certainement dans le Grand-Duché beaucoup de propriétaires qui n'ont pour titres de propriété que des actes sous seing privé, auxquels manque même la formalité de l'enregistrement. Ne pourrait-on pas, dans l'intérêt général et abstraction faite de tout emprunt, fixer un délai pour le dépôt ou la conversion des actes sous seing privé en actes authentiques, en suivant au besoin une voie semblable à celle qui est établie pour la rectification des actes de l'état civil, et en réduisant les frais de la conversion de manière à la rendre possible pour tout le monde? La loi ne pourrait-elle pas exiger que toute aliénation, tout partage de biens immeubles fussent constatés à l'avenir par actes authentiques? On tarirait une source de procès plus ou moins scandaleux, plus ou moins contraires à la moralité publique.

Le morcellement de la propriété ne peut être empêché de par la loi sans un changement radical dans notre législation sur les successions. Un tel changement n'est pas à désirer, puisqu'il introduirait le paupérisme dans la partie de notre population qui est le mieux à même de le braver par le travail, dans la classe laborieuse de nos cultivateurs. Mais la marche de notre propriété vers un morcellement excessif se trouvera arrêtée naturellement et sans choc violent par l'institution même du crédit foncier. Lorsqu'une exploitation rurale prospérera par les moyens que créera cette institution, les co-propriétaires s'entendront pour la maintenir dans l'indivision, de peur de détruire le résultat en le disloquant par la nécessité du remboursement. Rien n'empêcherait du reste que la dette ne fût partagée en même temps que la propriété qui lui sert de garantie.

Selon ce qui a été dit plus haut, la propriété foncière n'est pas réduite au rôle d'emprunteuse. Elle peut aussi devenir prêteuse. Sous ce dernier rapport, notre institution de crédit foncier comprendrait une deuxième section, dont les opérations intéresseraient principalement l'Etat, les communes et les établissements publics. Il ne sera question ici que des opérations de l'institution actuelle comme première section, opérations sur lesquelles l'auteur se bornera à émettre des idées, sauf au pays à les faire passer par le creuset de la critique, et à la législature à les accueillir, si elle les juge dignes de son attention, et à les façonner de manière à en faire quelque chose d'utile pour le pays.

La première section de la caisse de crédit foncier émettrait, tant que la deuxième ne serait pas ouverte, des lettres de gage par séries successives de 500,000 francs. Ces lettres de gage seraient remises aux propriétaires contre bonne hypothèque sur des immeubles situés dans le Grand-Duché, et moyennant paiement d'un intérêt annuel de 4 p. c. et remboursement à la fin de la 28e année de leur émission, au plus tard.

Les lettres de gage seraient reçues en paiement par les caisses de l'Etat et pourraient de plus être échangées une fois par an en numéraire, à la demande des porteurs, moyennant un arrangement à faire par la caisse de crédit foncier avec une ou plusieurs maisons de commerce ou de banque ou avec une association spéciale de capitalistes. Il n'y aurait pas de lettres de gage inférieures à 25 francs. Personne ne serait tenu d'en recevoir en paiement des caisses de l'Etat pour plus d'un quart de sa créance, tandis que dans les paiements à faire aux caisses de l'Etat et dans les versements à faire par les receveurs à la caisse générale de l'Etat il devrait y en avoir au moins pour un quart.

Les lettres de gage seraient converties à la demande des porteurs, par la caisse de crédit foncier, en titres de rentes annuelles à 4 p. c., lesquelles seraient rachetées au plus tard à la fin de la 28e année de l'émission primitive. Les remboursements par anticipation serviraient au rachat par anticipation.

A mesure que les lettres de gage de la 1re série seraient converties, la caisse de crédit foncier en émettrait de la 2e série. Celles-ci ne seraient admises à être converties que lorsque celles de la première le seraient aux 4/5. Elles seraient remplacées alors par des lettres de gage de la 3e série, et ainsi de suite. Il ne pourrait y avoir jamais pour plus de 500,000 francs de lettres de gage en circulation comme papier-monnaie.

L'intérêt des lettres de gage non converties en titres de rentes annuelles serait appliqué comme suit :

1 p. c. (5000 fr.) aux frais de l'échange annuel des lettres de gage non converties ;

2'/$_2$ p. c. (à verser dans la caisse de l'Etat), aux frais d'administration, et aux droits d'enregistrement et d'inscription (12500);

'/$_2$ p. c. au paiement de primes annuelles à des porteurs de lettres de gage converties en titres de rentes, à désigner par le sort (fr. 2500).

En règle générale la caisse d'épargne ne recevrait et ne rendrait que du numéraire. Elle emploierait ses fonds disponibles à acquérir des lettres de gage qu'elle ferait convertir en titres de rentes annuelles. Elle paierait un intérêt de 4 p. c., qu'elle capitaliserait à la fin de chaque année. Elle ne recevrait pas moins d'un franc ni plus de 20 francs à la fois du même déposant, et il devrait y avoir au moins huit jours d'intervalle entre les dépôts faits successivement par une même personne. La somme des dépôts serait limitée par tête à 2000 francs, sans compter les intérêts capitalisés. Les débiteurs de la caisse de crédit foncier auraient cependant la faculté de placer des fonds à la caisse d'épargne jusqu'à concurrence du montant du capital emprunté, sans autre restriction que le minimum d'un franc. Ils pourraient faire exceptionnellement leurs dépôts en lettres de gage. Ces dépôts, aussi bien que les intérêts en provenant, ne pourraient être retirés que par la caisse de crédit foncier.

La caisse de l'Etat pourrait se faire délivrer par

la caisse de crédit foncier, contre hypothèque d'immeubles appartenant à l'Etat, des lettres de gage
pour une somme de 100,000 francs, dont elle ne
paierait qu'un intérêt d'un et demi p. c. (échange et
primes), et tiendrait en dépôt une somme égale en
numéraire, comme fonds de réserve, pour assurer
le service des paiements de la caisse d'épargne et de
la caisse de crédit foncier. Ces lettres de gage feraient
partie de la première série.

On pourrait commencer par l'émission de ces
dernières lettres de gage, à titre d'essai. On verrait
bientôt si elles circulent et si elles se convertissent
en titres de rentes. A partir de cette conversion, la
caisse de l'Etat aurait à en payer l'intérêt de 4 p. c.,
mais elle en recevrait de nouvelles à $1^1/_2$ p. c. sur la
2ᵉ série et se créerait ainsi une recette extraordinaire
en forme d'emprunt. Ce serait un acheminement
vers les opérations de la 2ᵉ section.

La *caisse d'épargne* devant être principalement
une institution de l'Etat, celui-ci aurait à faire les
sacrifices qu'elle pourrait exiger. Ces sacrifices ne
seront pas considérables si la caisse d'épargne capi-
talise les intérêts par année. Elle ne sera alors en
perte que si des fonds y restent pendant quelque
temps improductifs, ce qui n'est pas fort à craindre.

Le système qui vient d'être exposé deviendra
peut-être plus lucide s'il est mis en action. Le poète

va se représenter, grâce à son imagination, les institutions du crédit foncier et de la caisse d'épargne comme remplissant déjà le vide du beau quartier que l'Etat a loué pour elles.

A., honnête cultivateur des environs de Luxembourg, se présente avec un acte authentique constatant qu'il a acheté en 1820 un pré dont le revenu cadastral est de 50 francs. Il a besoin de 1000 frs. pour agrandir ou réparer son habitation. L'administration du crédit foncier conserve l'acte et promet au porteur qu'elle lui fera parvenir une réponse dans quelques semaines. L'administration prend des renseignements. Le gage est parfaitement sûr. La valeur du pré, établie d'après le revenu cadastral, est de 2000 fr. L'administration du crédit foncier fait connaître au propriétaire qu'il peut recevoir la somme de 1000 francs, et lui demande par quel notaire il veut faire dresser l'acte d'obligation. Au jour fixé on se rend chez le notaire qu'il désigne et l'on fait dresser l'acte, dans lequel intervient l'épouse du sieur *A.* On remet à celui-ci la somme de 1000 frs. en lettres de gage. « Me voilà bien avancé, dira-t-il, »pour les frais que je viens de faire. Je n'aurai pas »même pour ces chiffons de quoi payer le notaire. » — On lui dira : Allez chez M. *B.*, il vous donnera en échange de ce papier des espèces sonnantes. M. *B.*, commerçant ou banquier, reçoit les lettres de

gage et paie la somme de 1000 fr. Il y gagne 10 fr.
Il trouvera des personnes qui lui demanderont des
lettres de gage pour le paiement de leurs contribu-
tions, pour le paiement de droits d'enregistrement,
d'accises, ou tout autre paiement à faire à un rece-
veur de l'Etat. Il y aura d'autres personnes qui en
demanderont pour les envois de fonds qu'elles auront
à faire par la poste. Les receveurs de l'Etat s'en pro-
cureront pour leurs versements. Si l'arrangement ne
convenait à aucun commerçant ou banquier, il se
trouverait peut-être assez d'autres particuliers pour
former une association dans laquelle l'un contracte-
rait l'obligation d'échanger annuellement des lettres
de gage sur présentation pour une somme de 50 fr.,
l'autre pour 100 frs., l'autre pour 200 frs. etc.,
chacun selon le besoin qu'il aurait de ces valeurs.
Un franc, deux francs etc. seraient gagnés de cette
manière sans beaucoup de peine. L'administration
du crédit foncier, qui aurait une liste des associés,
saurait à qui adresser ceux qui seraient embarrassés
de leurs lettres de gage.

La caisse d'épargne, qui ne restera probablement
pas à sec, pourra au moins faire partie de l'association et réaliser à son profit une partie du bénéfice ·
d'un p. c. Si c'est un banquier qui se charge de
l'échange, il pourra, de même que la caisse d'épargne, faire convertir ses lettres de gage en titres de

rentes annuelles, et il aura, comme celle-ci, outre l'intérêt de 4 p. c., le bénéfice d'un p. c. et la perspective de la prime. Il trouvera des personnes qui déposeront chez lui pour quelques mois, en échange de titres de rentes, des sommes trop fortes pour être déposées à la caisse d'épargne, moyennant un intérêt inférieur à 4 p. c. : nouvelle source de bénéfice.

Si cependant aucun des moyens d'échange proposés n'était favorablement accueilli, l'imagination du poète en fournirait peut-être d'autres.

Retournons maintenant à notre cultivateur et à son épouse, que nous retrouvons de retour chez eux avec la somme de 1000 fr. qui leur a été comptée. Ne sont-ils pas un peu inquiets d'avoir tant d'argent chez eux? N'auraient-ils pas mieux fait d'échanger leurs lettres de gage successivement et à mesure qu'ils auraient eu besoin de cet argent pour payer les dépenses auxquelles il est destiné? S'ils avaient fait cette réflexion plus tôt, ils auraient conservé leurs lettres de gage pour en faire usage plus tard. Avis à ceux qui, à la réception des lettres de gage, n'auraient rien de plus pressé que de courir chez le banquier pour les échanger.

Le même jour encore le possesseur des 1000 frs. réfléchit qu'il s'est chargé cependant d'une dette assez considérable. L'intérêt de 4 p. c. ne l'effraie pas trop; on ne trouve pas toujours de l'argent à ce taux. Mais comment remboursera-t-il le capital? Ne faut-il pas pour cela qu'il vende le pré hypothé-qué? « J'aurais bien pu commencer par-là, dira-t-il; »c'eût été moins dispendieux. » — L'avenir lui montrera s'il a raison.

L'année suivante, le pré lui rapporte 50 francs (seulement le revenu cadastral). Il paie l'intérêt de 40 francs et place 10 francs à la caisse d'épargne. Sa jument, à la nourriture de laquelle le pré a encore contribué accessoirement, lui donne un poulain, qu'il vend quelque temps après pour le prix de 20 fr. Il place encore 10 fr. à la caisse d'épargne. En procédant de la même manière ou d'une manière analogue pendant 28 ans, il se fera à la caisse d'épargne un *avoir* de 1000 francs, que la caisse de crédit foncier y touchera pour son compte, et le pré redeviendra franc et libre de toute hypothèque et passera aux enfants du bon cultivateur; ce qui sera plus consolant pour lui que si ses enfants devaient dire en passant près de cette propriété : Voilà un pré qui a appartenu dans le temps à mon père !

Il reste à faire observer pour ceux qui ne connaissent pas le montant ordinaire de notre budget des recettes et des dépenses de l'Etat, que ce montant varie entre 2,600,000 francs et 3 millions; qu'en conséquence le montant des lettres de gage en cir-

culation comme papier-monnaie (500,000 francs)
serait beaucoup au-dessous du quart des recettes et
des dépenses annuelles de l'Etat. Ainsi quand même
toutes les lettres de gage afflueraient dans la caisse
de l'Etat, celle-ci pourrait les faire refluer dans le
public, en effectuant seulement le quart de ses dépenses en papier-monnaie. Elle pourrait même encore respecter les sentiments absolument antipathi-
ques à cette espèce de monnaie. Le public, de son
côté, ne serait pas embarrassé pour opérer un revi-
rement en sens contraire.

L'enfant dit *mort-né* grandira lorsque sur son
berceau redescendront les rayons bienfaisants de la
paix. En attendant, l'auteur lui consacre ses loisirs
poétiques, faute de pouvoir lui donner toutes ses
heures de travail.

Mars 1855.

www.ingramcontent.com/pod-product-compliance
Ingram Content Group UK Ltd.
Pitfield, Milton Keynes, MK11 3LW, UK
UKHW022333120726
13694UKWH00004B/1584